St. Pauli-Geschichte

St. Pauli-Geschichte
von Hubert Fichte

von Hubert Fichte

Herausgegeben und mit einem Nachwort versehen
von Wilfried F. Schoeller

: TRANSIT

Wir danken für die freundliche Abdruckgenehmigung.
Dank auch an das Deutsche Literaturarchiv Marbach,
Marbach am Neckar, für die Überlassung der
Materialien und Abbildungen.

Gneisenaustraße 2 · 10961 Berlin
www.transit-verlag.de

Umschlaggestaltung und Layout:
Gudrun Fröba
Druck und Bindung:
Pustet GmbH

ISBN-10 388747-216-0
ISBN-13 978-388747-216-0

Inhalt

St. Pauli-Geschichte

7 Faksimile und Transkription

45 Nachwort

56 Zwei Briefe und eine Postkarte

64 Der Herausgeber

St. Pauli-Geschichte
von Hubert Fichte

Worpswede 1955

Abgeschrieben für Hans Herman zum Geburtstag 1955.

Nur eine Skizze, nur ein Steinchen aus dem großen Mosaik eines halbgeschriebenen, unendlichen Romans, der mein Leben behandelt, – den mein Leben formt.

Einige Gedanken auch zu den großen Themen Asozialität, Liebe, Verzweiflung und Würde – eine Entgegnung auf das Enfant Criminel von Jean Genet und auf die Sätze Gabriel Marcel's.

Abgeschrieben für Hans Herman zum Geburtstag 1955.
Nur eine Skizze, nur ein Steinchen aus dem großen Mosaik eines halbgeschriebenen, unendlichen Romans, der mein Leben behandelt, – der mein Leben formt.
Einige Gedanken auch zu den großen Themen Asozialität, Liebe, Verzweiflung und Würde – eine Entgegnung auf das Enfant Criminel von Jean Genet und auf die Sätze Gabriel Marcel's.

Davidstraße. – Über der Elbe ein Dunstlicht von Werften und Schiffen. – Eine Frau zieht vorbei; drei Katzen und fünf Hunde hält sie an kleinen Zügeln. – Der Duft des Flußwassers weht heran. Doch ich will nicht zum Strom hinunter. Um diese Zeit breitet sich am diesseitigen Ufer eine graue, – schwarze, – schwerblaue Einsamkeit zwischen Häuser und Gerüste. – Ich kehre dem Hafen den Rücken –, ich schlage auch nicht den Weg zum Pinnasberg ein, mit den vertrauten und unheimlichen Schenken und schlendre sogar an dem freundlichen Konditorladen voll billiger, kranker Mädchen vorüber.

Mich erfüllt ein unerträglicher Durst in der lauen Vergnügungsunruhe.

Die Lichter der Reeperbahn zucken auf, zittern, – verlöschen und blitzen heftiger wieder hervor. – Eine gleißende, bonbongetönte Fuge.

— 1 —

Davidstraße. – Über der Elbe ein Dunstlicht von Werften und Schiffen. – Eine Frau zieht vorbei: drei Katzen und fünf Hunde hält sie an kleinen Zügeln. – Der Duft des Flußwassers weht heran. Doch ich will nicht zum Strom hinunter. Um diese Zeit breitet sich am diesseitigen Ufer eine graue, -schwarze, -dunkelblaue Einsamkeit zwischen Häuser und Gerüste. – Ich kehre dem Hafen den Rücken –, ich schlage auch nicht den Weg zum Pinnasberg ein, mit den vertrauten und unheimlichen Schenken und schlendere sogar an dem freundlichen Konditorladen voll billiger, kranker Mädchen vorüber.
Mich erfüllt ein unerträglicher Durst in der lauen Vergnügungsruhe.
Die Lichter der Reeperbahn zucken auf, zittern, – verlöschen und blitzen heftiger wieder hervor. – Eine gleißende, bonbongetönte Fuge.

Ich gehe in die „Lorelei". Neulich bei meinem nächtlichen Streifzug durch homosexuelle Lokale habe ich sie ausgelassen.
Auf den Tischen stehen Getränkekarten; das Bier hier ist nicht teurer als in jeder gewöhnlichen Kneipe. Es fehlt jener peinliche Geruch der Vereinskrämerei, welcher sich in gewissen Bars schon durch die teuren Getränkepreise aufdrängt.
Auf den zweiten Blick entdecke ich einen prominenten Buchhändler der Hansestadt. Wir begrüßen uns distanziert.
Arbeiter sonst. –
Sie trinken ihr Bier und sehen sich tief in die Augen. An der Theke lehnen sie dicht neben einander. – Ich kann ihnen wohl ansehen, daß sie „so" sind. Dennoch wirken sie natürlich, unauffällig, einfach. Vielleicht sind sie nur ein wenig sentimentaler, als sie es sonst wären.

Ich gehe in die „Lorelei." Neulich bei meinem nächtlichen Streifzug durch homosexuelle Lokale habe ich sie ausgelassen.

Auf den Tischen stehen Getränkekarten. Das Bier hier ist nicht teurer als in jeder gewöhnlichen Kneipe. Es fehlt jener peinliche Geruch der Vereinskrämerei, welcher sich in gewissen Bars schon durch die teuren Getränkepreise aufdrängt.

Auf den zweiten Blick entdecke ich einen prominenten Buchhändler der Hansestadt. Wir begrüßen uns distanziert.

Arbeiter sonst. –

Sie trinken ihr Bier und sehen sich tief in die Augen. An der Theke lehnen sie dicht nebeneinander. – Ich kann ihnen wohl ansehen, daß sie „50" sind. Dennoch wirken sie natürlich, unauffällig, „einfach". Vielleicht sind sie nur ein wenig sentimentaler, als sie es sonst wären.

... ich werde verrückt! ... Gibt es denn das? ... Der da sitzt ... Der Kopf ... Phantastisch schwul. ... Der Kerl wird nur ein entsetzlich gebärfreudiges Becken haben. ... Das ist doch gleich, bei dem Kopf! ... Ganz feines Haar, gekräuselt auch noch ...... schwarze Haare! ... und die Augenbrauen ... so gewölbt ... Die Ohren. Klein. Kleiner geht es nicht ... Die Nase! Die Lippen! Riesig und weich! Von einer Form ... Vielmehr als sein Gesicht kann ich nicht sehen, denn die sitzen um ihn herum, wie die Wespen um einen Klecks Marmelade.

..... ganz schön stolz Du! ... Mensch, wie würde ich gerne mal mit Dir ....

Aber der sieht mich nicht einmal an ....

Ich muß mich jedesmal ganz umwenden, um ihm einen Blick zusenden zu können. Mir gegenüber sitzt immerhin der Buchhändler, der mich ziemlich genau kennt ...

Ich habe mein Glas ausgetrunken, aber der Ober holt es noch immer nicht, um mich dadurch aufzufordern ein neues zu bestellen.

Wieder sehe ich mich um, und rücke meinen Blick ganz nahe an den herrlichen Kopf – und plötzlich fühle ich, wie mich der Buchhändler anstarrt. Ich erröte ... ich muß so lachen .... Wenn ich jetzt nur nicht losplatze. ... die schmeißen mich raus. Spotten darf man hier nicht.

3

.... ich werde verrückt! ... Gibt es denn das? ...
Der da sitzt ... Der Kopf ... Phantastisch schön.
... Der Kerl wird nur ein entsetzlich gebär-freudigen Becken haben .... Das ist doch gleich bei dem Kopf!
... Ganz feines Haar, gekräuselt und noch ..... schwarze Haare! ... und die Augenbrauen ... so gewölbt .. Die Ohren. Klein. Kleiner geht es nicht ... . Die Nase!
Die Lippen! Riesig und weich! Von einer Form ...
Vielmehr als sein Geschlecht kann ich nicht sehen, denn die sitzen um ihn herum, wie die Wespen um einen Klecks Marmelade.
..... ganz schön stolz der! ... Mensch, wie würde ich gerne mal mit Dir ....
Aber der sieht mich nicht einmal an ....
Ich muß mich jedesmal ganz umwenden, um ihm einen Blick zusenden zu können.
Mir gegenüber sitzt immerhin der Buchhändler, der mich ziemlich genau kennt ...
Ich habe mein Glas ausgetrunken, aber der Ober holt es noch immer nicht, um mich dadurch aufzufordern ein neues zu bestellen.
Wieder sehe ich mich um, und rücke meinen Blick ganz nahe an den herrlichen Kopf – und plötzlich fühle ich, wie mich der Buchhändler anstarrt. Ich erröte ... ich muß so lachen ... Wenn ich jetzt nur nicht losplatze.
... die schmeißen mich raus. Spotten darf man hier nicht.

Und da erwidert er meinen Blick – er, mit den grau-blau-grünen Augen. Er muß denken, daß ich mich über ihn lustig mache und das ist ihm mit seinen feinen Öhrchen wohl noch nicht vorgekommen und das macht ihn unsicher und das interessiert ihn.

Und nun gibt es nur noch den erhabenen Raum zwischen unseren weitaufgerissenen Augen.

Wir werden beobachtet, von dem Buchhändler und auch von anderen, die plötzlich aufblicken, als ginge ein Knistern, ein Klingen von uns aus. Es wird ganz still um uns.

Ich kann das Zucken um meine Mundwinkel nicht mehr beherrschen .... Ich zahle. Der Portier hilft mir in den Mantel und murmelt etwas, das ich nicht verstehe.

Auf der Straße warte ich ....

Der mit den wundervollen Lippen tritt aus der Tür der Lorelei. – Er ist von zwei anderen begleitet. Ich gehe langsam weiter.

... Wie wird er mich nun anreden? Vielleicht: Schönes Wetter heute abend! Oder: haben Sie bitte Feuer für mich? – Und dann – wenn er das Feuer bekommen hat – vom Wetter sprechen. Und dann sprechen von ... na, und dann ...

.... Hoffentlich redet er mich überhaupt an ....

und da erwidert er meinen Blick – er, mit den grau-blau-grünen Augen. Er muß denken, daß ich mich über ihn lustig mache und das ist ihm mit seinen feinen Öhrchen wohl noch nicht vorgekommen und das macht ihn unsicher und das interessiert ihn.
Und nun gibt es nur noch den schmalen Raum zwischen unseren weit aufgerissenen Augen.
Wir werden beobachtet, von dem Buchhändler und auch von anderen, die plötzlich aufblicken, als ginge ein Knistern, ein Klingen von uns aus. Es wird ganz still um uns.
Ich kann das Zucken um meine Mundwinkel nicht mehr beherrschen.... Ich zahle. Der Portier hilft mir in den Mantel und murmelt etwas, das ich nicht verstehe
Auf der Straße warte ich ....
~~[illegible]~~
Der mit den warmen vollen Lippen tritt aus der Tür der Loreley. – Er ist von zwei anderen begleitet. Ich gehe langsam weiter.
... Wie wird er mich ~~[illegible]~~ nun anreden? Vielleicht: Schönes Wetter heute abend! Oder: haben Sie bitte Feuer für mich? – Und dann – wenn er das Feuer bekommen hat – vom Wetter sprechen. Und dann sprechen von ... na, und dann ...
.... Hoffentlich redet er mich überhaupt an. ...

Er kommt mir nach und überholt mich mit seinen Begleitern. Ich drehe meinen Kopf etwas zur Seite und – ein unvergleichlich sicheres und anzügliches, ein erfahrenes und im Grunde vielleicht schmerzliches Lächeln auf den Lippen – sagt er: „Wollen Sie sich heute abend auch noch amüsieren?" – „Das hängt nicht allein von meinem Willen ab." – „Kommen Sie mit! Wir gehen in Richtung Millerntor – und wir amüsieren uns zusammen." –
Im Saal der Spielautomaten am Spielbudenplatz rede ich ihm zu: „Wollen wir nicht alleine für uns bleiben?" – „Geht Ihr schon?" richtet er sich an seine Begleitung. „Viel zu sagen ist sowieso nicht mehr." antwortet der eine ... Er töhlt ... der stempelt doch in derselben Abteilung wie ich ... weiß ich auch, warum er mir bekannt vorkommt ....
„Zu sagen ist nichts mehr." antwortet er, mit den feinen, den gekräuselten, den schwarzen Haaren, und fährt fort „Wir wissen es ja eh: Zwanzig weniger vier macht sechzehn und noch zwanzig dazu. – Übrigens, habt Ihr beiden auch genügend Piepen?" – „Achtzig!" – „Einszwanzig! – Und was wird das aber geben?" – „Zwanzig und Unbekannt? Was soll das schon geben? Tausend! Null!" sagt er mit dem ich nun gehen werde. „Also dann!" – Es ist das erstemal, daß ich so mitgehe ....

Er kommt mir nach und überholt mich mit seinen Begleitern. Ich drehe meinen Kopf etwas zur Seite und – ein unvergleichlich sicheres und ausgeglichenes, ein erfahrenes und im Grunde vielleicht schmerzliches Lächeln auf den Lippen – sagt er: „Wollen Sie sich heute abend auch noch amüsieren?" – „Das hängt nicht allein von meinem Willen ab." – „Kommen Sie mit! Wir gehen in Richtung „Millerntor" – und wir amüsieren uns zusammen." – [illegible] Im Saal der Spielautomaten [illegible] am spielenden Platz rede ich ihm zu: „Wollen wir nicht allein für uns bleiben?" – „Geht Ihr schon?" richtet er sich an seine Begleitung. „Viel zu sagen ist sowieso nicht mehr." antwortet der eine... Erzählt ... der [illegible] stempelt drei in derselben Abteilung wie ich... Weiß ich auch, warum er mir [illegible] bekannt vorkommt!...
„Zu sagen ist nichts mehr." antwortet er, (mit den feinen, den gekräuselten den schwarzen Haaren, und fährt fort) „Wir wissen es ja eh: Zwanzig weniger vier macht sechzehn und noch zwanzig dazu. – Übrigens, habt ihr beiden auch genügend Piepen?" – „Achtzig!" – „Einszwanzig!" – „Und was wird das alles geben?" – „Zwanzig und unbekannt? Was soll das schon geben? Tausend! Null!" sagt er mit dem ich [illegible] nun gehen werde. „Also dann!" – Es ist das erstemal, daß ich so mitgehe....

Unsere Schritte hallen unter einer weitgespannten Brücke. Seine Schritte und meine.
Und dann rufen wir: „Wauwau!“ und: „Tut-tut!“ Und gewaltig dröhnt es in der Wölbung.
„Wer waren denn die beiden?“ frag ich ihn. „Kumpels. Der eine ist garnicht schwul. Und der andre, der so töhlt – ja, der hat immer zu mir gehalten – auch als es mir ganz beschissen – oh, entschuldigen Sie – als es mir ganz beschissen ging. – Ich hab mich überhaupt noch garnicht vorgestellt: Lang ist mein Name!“ – „Was sind Sie denn von Beruf?“ – „Habe schon vieles gemacht. Im Augenblick Hafenarbeiter – aber auch mal ein bischen [sic] auf Staatsrente.“ – „Arbeitslos?“ – „Klar – nein, noch anders. – Aber das ist auch ganz unwichtig.“ – „Was denn? ...“ „Na – so ...“ – „Wie – so? ..“ – „Gefängnis!“ – „Ach so! – Also, ich bin nicht so dumm Ihnen zu sagen, daß ich kein Geld bei mir hätte. Ich habe etwas Geld – aber es ist mir völlig gleichgültig, ob Sie es mir ...“ – „Ich habe nicht die Absicht Sie auszurauben. – Machen wir kein Theater voreinander. Bevor es morgen geworden ist, haben wir uns schon wieder getrennt. Wir wissen genau, was wir voneinander wollen. Amüsieren wir uns so gut miteinander wie es eben geht.“
Das Bismarckdenkmal reckt sich hoch hinauf in die Nacht. „Ich möchte den lächerlichen Steinpopanz immer fragen: wie ist die Luft da oben.“ Flach klingt hier die Musik und das Gesinge des Doms, des Jahrmarkts, der wirbelnden Lichtergruppe dort hinten. – „Ich heiße Hubert mit Vornamen!“ –

unsere Schritte hallen unter einer weitgespannten Brücke. Seine Schritte und meine.
Und dann rufen wir: „Wauwau!" und: „Tut-tut!" Und gewaltig dröhnt es in der Wölbung.
„Wer waren denn die beiden?" frag ich ihn. „Kumpels. Der eine ist garnicht schwul!. Und der andere, der so hält – ja, der hat immer zu mir gehalten – auch als es mir ganz beschissen – oh, entschuldigen Sie – als es mir ganz beschissen ging. – Ich hab mich überhaupt noch garnicht vorgestellt: Lang ist mein Name!" – „Was sind Sie denn von Beruf!" – „Habe schon vieles gemacht. Im Augenblick [redacted] Hafenarbeiter – aber auch mal ein bischen auf [redacted] Staatsrente." – „Arbeitslos?" „Klar – nein, noch anders. – Aber das ist [redacted] auch ganz unwichtig." – „Was denn?..." „Na – so..." „Wie – so?" – „Gefängnis!" – „Ach so!" – „Aber, ich bin nicht so dumm, Ihnen zu sagen, daß ich kein Geld bei mir hätte. Ich habe etwas Geld – aber es ist mir völlig gleichgültig, ob Sie es mir ..." –
„Ich habe nicht die Absicht Sie auszurauben. – Machen wir kein Theater voreinander. Bevor es morgen geworden ist, haben wir uns schon wieder getrennt. Wir wissen genau, was wir voneinander zu wollen. Amüsieren wir uns so gut miteinander wie es eben geht."
Das Bismarckdenkmal reckt sich hoch hinauf in die Nacht. „Ich möchte den [redacted] lächerlichen Steinpopanz immer fragen: wie ist die Luft da oben." Flach klingt hier die Musik [redacted] das Gesinge des Doms, des Jahrmarkt, der wirbelnden Lichtergruppe dort hinten. – „Ich heiße Hubert mit Vornamen!" –

Ich heiße Hans." – „Stammst Du vom Neger ab, Hans?" – „Wegen meines Gesichtes, meinst Du, Hubert?" – Er ist nicht so klein, wie ich es anfangs vermutet habe. – Wir umarmen uns nicht. „Ich stamm von Mulatten ab." – „Ach, daher!" – „Ja." – „Ich frage Dich, macht es nun mehr Spaß, – alles, wenn man so stark ist – und so schön ist und – .. wenn man eben von Mulatten abstammt. – Aber sag mal – ich frag nur so – krank bist Du auch nicht – ich mein, da unten!" – „Nein!" Und er lächelt – sein Lächeln.

Die Michaeliskirche liegt im weißen Nachtlicht des Mondes.

„Sind Sie sehr romantisch?" – „Nein. – Sie?" – „Ich, – romantisch? Ach Gott, – nein!" – Ich sehe seine Augen im Dunkeln schimmern: „Du beißt, wenn Du küßt." flüstert er.

Er ist ohne Mantel. Im Schatten der Mauern zittert er.

Die Nacht ist kühl. Sein Glied ist warm. – Er hat selbst seinen Schlitz geöffnet. „Du bist schön gewachsen." flüstert er – und: „Ich möchte Dich furchtbar gern verschieben!" – „Ich Dich auch." – Als ich das gesagt habe, entsteht ein langes Schweigen zwischen uns. Wir schlendern weiter. Von einer neuerbauten Kirche leuchtet ein Neonkreuz zu uns.

„Ich heiße Hans." – „Stammst Du vom Neger ab, Hans?" – „Wegen ~~[illegible]~~ meines Gesichts, meinst Du, Hubert?" – Er ist nicht so klein, wie ich es anfangs vermutet habe. – Wir umarmen uns nicht. ~~[illegible]~~ „Ich stamme vom Mulatten ab." – „Ach, daher!" „Ja." – „Ich frage Dich, macht es nun mehr Spaß": alles, wenn man so stark ist – und so schön ist und –.. wenn man eben vom Mulatten abstammt. – Aber sag mal – ich frag nur so – krank bist Du doch nicht – ich mein, da unten!" – „Nein!" Und er lächelt sein Lächeln.

Die Michaelis Kirche liegt im weißen Nachtlicht des Mondes.

„Sind Sie sehr romantisch?" – „Nein. – Sie?" – „Ich, ~~[illegible]~~ – romantisch? Ach Gott – nein!" – Ich sehe seine Augen im Dunkel schimmern: „Du beißt, wenn Du küßt." flüstert er.

Er ist ohne Mantel. Im Schatten der Mauern zittert er.

Die Nacht ist kühl. Sein Glied ist warm. – Er hat selbst seinen Schlitz geöffnet.

„Du bist schön gewachsen." flüstert er – und: „Ich möchte Dich furchtbar gern verschlingen." – „Ich Dich auch." – Als ich das gesagt habe entsteht ein langes Schweigen zwischen uns. Wir schlendern weiter. Von einer neuerbauten Kirche leuchtet ein Neonkreuz zu uns.

Als er wieder anhebt zu sprechen ist seine Stimme wie überhaucht von Traurigkeit, von Enttäuschung: „Ich steh da nicht drauf, daß mich jemand verschiebt. Schade, dann wird es mit uns nichts. – Wir haben uns beide geirrt. Ich dachte, Du wärst so ein kleines Tuntchen, daß sich gerne mal. ...“
In unserm erneuten Schweigen schwingt ein Befremden, welches drohender und drohender ausschlägt und unsre ungestillte Sehnsucht hochstachelt – und vielleicht – noch ist es nicht entschieden – schrecklich auf uns selbst zurückfallen läßt. „Ich bin nämlich garnicht schwul – was man schwul nennt. Ich bin sehr brutal – Prügeln, weißt Du. Ich war gestern erst noch mit einem Mädchen zusammen. Alle Mädchen krieg ich satt – aber die von gestern abend – die sagte immer: ‚Noch mehr!‘ – und das letzte Mal, da hab ich sie dann über den Tisch geworfen und so mit ihr eine Nummer gemacht ...“
Wir sind vor einer Gaststätte „Felsenkeller“ angelangt. „Gibst Du einen aus?“ fragt er. „Gut.“ – Die peinliche Stille zwischen uns scheint überwunden. Er hilft mir mit besonderer Freundlichkeit aus dem Mantel. Er behandelt mich überhaupt wie eine Dame.

Als er wieder anfängt zu sprechen ist seine Stimme wie überhaucht von Traurigkeit, von Enttäuschung: „Ich steh da nicht drauf, daß mich jemand verprügelt. Schade, dann wird es mit uns nichts." Wir hatten uns beide geirrt. „Ich dachte, Du wärst so ein kleines Tuntchen, daß sich gerne mal ...."

Zu unserem erneuten heftigen Schweigen gesellt sich ein Befremden, welches drohender und dichter die ausschlägt und unsere ungestillte Sehnsucht hochstrahlt - und vielleicht - wohl ist es nicht entschieden - schrecklich auf uns selbst zurückfallen läßt. „Ich bin nämlich garnicht schwul - was man" schwul nennt. Ich bin sehr brutal - Prügeln, weißt Du. Ich war gestern erst wieder mit einem Mädchen zusammen. Alle Mädchen kriege ich satt - aber die von gestern abend - die sagte immer: Noch mehr! - und das letzte Mal, da hab ich sie dann über den Tisch geworfen und so mit ihr eine Nummer gemacht ..."

Wir sind vor einer Gaststätte „Felsenkeller" angelangt. „Gibst Du einen aus?" fragt er. „Gut." - Die peinliche Stille zwischen uns scheint überwunden. Er hilft mir mit besonderer Freundlichkeit aus dem Mantel. Er behandelt mich überhaupt wie eine Dame.

Ich bin noch nie in die Gelegenheit gekommen, aber es bezaubert mich – fast wieder [sic] meinen Willen – wie er mir derart fühlen läßt, daß er mich begehrt.
„Ich liebe Jungens, weil Jungens göttlich sind," sagt er. – „Aber ich bin doch kein kleiner Junge mehr." – „Den Jahren nach nicht, aber Du hast das Gewisse. .... Und vor allem hast Du Charme!" – „Du sprichst das Wort Charme wie Scham aus." Er lächelt mißverständlich. Später sagt er: „Ich lese auch gerne. – Komisch was?" Er zieht einen broschierten Band aus der Tasche: „Ringelnatz. ‚Und auf einmal steht es neben Dir' – Auch Nietzsche: ‚Armer alter Mann, haben Sie noch nicht gemerkt, das [sic] Gott längst tot ist' oder so ähnlich." Die Wirtin schielt. Aber sie hat einen hoheitsvollen Gang und wird durch die widrige Stellung einer Iris eher seltsam geadelt, als entstellt. Hans fährt fort: „Ich war schon mal Requisiteur beim Zirkus. – Als ich kleiner Junge war, hab ich Kohlen geklaut. – Mit sechzehn wurde ich vier Jahre eingelocht. – Ich bin jetzt zwanzig – überleg mal wie alt ich in Wirklichkeit bin."

Ich wende mich zur Wirtin: „Sagen Sie, wer ist denn das dahinten; die, in den Männerkleidern?" – „Die so tief spricht und so rauh; – die tut, als ob sie ein Hafenarbeiter ist? Das ist Peter – schon über fünfzig. Ihre Freundin, – mit der ist sie

9

Ich bin noch nie in die Gelegenheit gekommen, aber er bezaubert mich – fast wider meinen Willen – wie er mir direkt fühlen läßt, daß er mich begehrt.
„Ich liebe Jungen, weil Jungen göttlich sind," sagt er. – „Aber ich bin doch kein kleiner Junge mehr." – „Den Jahren nach nicht, aber Du hast das gewisse"..... Und vor allem hast Du Charme." – „Sie sprechen das Wort Charme wie Scham aus." Er lächelt unverständlich. Später sagt er: „Ich lese auch gerne." – „Komisch was?" Er zieht einen zerknitterten Band aus der Tasche: „Ringelnatz." Und auf einmal steht er neben Dir." – Auch Nietzsche: ‚Armer alter Mann, haben Sie noch nicht gemerkt, den ~~Gott~~ längst ~~tot~~ ist'... oder so ähnlich."
Die Wirtin schielt. Aber sie hat einen arbeitsvollen Gang und wird durch die wichtige Stellung einer Brise eher seltsam geadelt, als entstellt. Hans fährt fort: „Ich war schon mal Requisiteur beim Zirkus. – Als ich kleiner Junge war, hab ich Kohlen geklaut. – Mit sechzehn wurde ich vier Jahre eingelocht. – Ich bin jetzt zwanzig – überleg mal wie alt ich in Wirklichkeit bin." – – –
Ich wende mich zur Wirtin: „Sagen Sie, wer ist denn das dahinten; die, in den Damenkleidern?" – „Die so tief spricht und so rauch; – die tut, als ob sie ein Hafenarbeiter ist? Das ist Peter. Schon über fünfzig. Ihre Freundin, – mit der ist sie

schon zwanzig Jahre zusammen – viel jünger als Peter – ihre Freundin liegt in Wintermoor. Tb! Jetzt sitzt Peter hier von morgens früh um acht und trinkt. Bezahlen tut die nie; – arbeitslos. – Sie würfelt mit den Arbeitern um Schnäpse und Bier. – Sie läßt sich einladen. Und manchmal klaut sie auch. – Ja, das gibt solche, und noch andre!“ antwortet die Wirtin. Die Tür wird geöffnet und frische Nachtluft schlägt herein. Oben, draußen trippeln zwei Damenwaden vorbei. Hafenarbeiter kommen von der Nachtschicht. In ihren verdreckten Gesichtern ist neben der Ermattung, eine Überwachheit ein gesteigerter Wille zu genießen – glücklich zu sein. So beginnen sie zu trinken. Manche schlafen augenblicklich ein, sinken mit dem Kopf auf die Tischplatte oder fallen einfach vom Stuhl. Andere fangen an zu pöbeln, aber ihre trunkene Müdigkeit läßt ihnen die Worte nur schwer und breiig aus dem Mund. Wenn sie zuschlagen wollen stoßen ihre Fäuste ins Leere. Ein Alter umarmt einen Pfeiler und dreht sich daran bis [er] auf den Boden hinab sinkt! Endlich gibt es welche, die tanzen und schäkern mit der Bedienten, singen und erzählen sich tiefgründige und treffende Witze. Dann torkeln sie wieder hinaus und nur einer bleibt schnarchend zurück.

Schon zwanzig Jahre zusammen – viel jünger als Peter – ihre Freundin liegt im [illegible]. Tb! Jetzt liebt Peter bis vier morgens früh um acht und trinkt. Bezahlen tut die nie. – arbeitslos [illegible]. – Sie wirtschaftet mit den Arbeitern um Schnäpse und Bier. Sie läßt sich einladen. Und manchmal klaut sie auch. „Ja, das gibt Stehlen, und noch andere!" antwortet der Wirtin.
Die Tür wird geöffnet und frische Nachtluft schlägt herein. Oben, draußen trippeln zwei Damen wieder vorbei. Hafenarbeiter kommen von der Nachtschicht. In ihren verdreckten Gesichtern ist neben der Ermattung ein überwachter ein gesteigerter Wille zu genießen. – [illegible]. So beginnen sie zu trinken. Manche schlafen augenblicklich ein, sinken mit dem Kopf auf die Tischplatte oder fallen einfach vom Stuhl. Andere fangen an zu pöbeln, aber ihre trunkene Süchtigkeit läßt ihnen die Worte nur schwer und breiig aus dem Mund. Wenn sie zuschlagen wollen stoßen ihre Fäuste ins Leere. Ein [illegible] umarmt einen Pfeiler und dreht sich daran bis auf den Boden hinab und sinkt! Endlich gibt es welche, die tanzen und schäkern mit der Bedienung, singen und erzählen sich tiefgründige und treffende Witze. Dann torkeln sie wieder hinaus und nur einer bleibt schnarchend zurück.

Hans hat sich die Jacke ausgezogen und sein festtäglich weißes und gebügeltes Hemd läßt den braunen dunkelbewaldeten Körper hervorahnen. Er tanzt zu amerikanischem Jazz und sieht mich äußerst anzüglich und äußerst erfüllt von sich an; er bewegt sich kaum von der Stelle, aber sein Körper ist in Unruhe und ich fühle, wie er mit jedem Zucken um mich wirbt. Ein männlicher Transvestit poltert in das Lokal. Er trägt ein billigstes schwarzes Kleid, aus dessen Kragenöffnung ein rauhroter Arbeiterhals hervorsieht. Männerstiefel und Damenwollstrümpfe mit schiefsitzender Naht vervollständigen seine Kleidung nach unten hin. Auf dem Kopf sitzt eine Kappe, wie sie vor der Währungsreform die Frauen getragen haben. – Das schlecht rasierte Gesicht wird von eigenen, weißen Locken umrahmt.
Im tiefsten Baß erklärt er uns – er riecht dabei aus dem Hals: „Wissen Sie, ich bin fünfundsechzig Jahre alt geworden, und da muß mir das passieren! Ich bin Holsteiner. Und da hab ich doch eben eine Mark und achtzig im Automaten vorloren!" Er geht von Tisch zu Tisch und hofft wohl, daß man ihm etwas zu trinken bezahlt. „Das ist Paulina." sagt die Wirtin und zuckt die Achseln. Hans und ich – wir brechen auf.

11

Hans hat sich die Jacke ausgezogen und sein fast durchsichtig weißes und gelblich gelbes Hemd läßt den braunen, dunkel bewaldeten Körper hervorsehen. Er tanzt zu amerikanischem Jazz und sieht mich äußerst anzüglich und äußerst erfahren an. Er bewegt sich kaum von der Stelle, aber sein Körper ist in Unruhe und ich fühle, wie er mit jedem Zucken um mich wirbt.
Ein männlicher Transvestit platzt in das Lokal. Er trägt ein billigstes schwarzes Kleid, aus dessen Kragenöffnung ein rauchroter Arbeiterhals hervorsieht. Männerstiefel und Damenwollstrümpfe mit schief sitzender Naht vervollständigen seine Kleidung nach unten hin. Auf dem Kopf sitzt eine Kappe, wie sie in der Währungsreform die Frauen getragen haben. – Das [illegible] Gesicht wird von eigenen, weißen Locken umrahmt.
Im tiefsten Baß erklärt er uns – er bellt es heraus aus dem Hals: „Wissen Sie, ich bin fünfundsechzig Jahre alt geworden, und da muß mir das passieren! Ich bin Holsteiner. Und da hab ich doch eben eine Mark und achtzig im Automaten verloren!" Er geht von Tisch zu Tisch und hofft wohl, daß man ihm etwas zu trinken bezahlt. „Das ist Paulinie." sagt die Wirtin und zuckt die Achseln.
Hans und ich – wir brechen auf.

Eine leere Straße. Ein Fleet glitzert im Licht der Lampen, die an Drähten mitten im schwarzen Himmel hängen – im Licht einer letzten Hochbahn – im Licht eines einsamen, heimkehrenden Autos.
Hans umschweift unruhevoll jede Ruine, aber es finden sich keine heimlichen Ecken. Man hat in den Ruinen aufgeräumt.
Ich folge ihm, als er einen niederen Zaun übersteigt. Wir stehen im Schatten einer Baracke. Wir küssen uns.
Eine Schar Angetrunkener gröhlt in der Straße. Ein Dampfer tutet. Jede Fiber bebt an mir. Alles ist so verheißungsvoll.
Hans späht wieder umher, er wispert: „Das ist ein Baubüro hier. Oder soll mal eins werden. Ich will sehen, ob sie schon eingezogen sind."
Wir kehren auf die Straße zurück. – Ein Betrunkener – gut angezogen – kommt auf uns zu.
„Ein Bein stellen – und dann die Brieftasche!" murmelt Hans. Der Betrunkene torkelt vorüber. Hans kichert.
„Wir müssen uns ein Hotel suchen!" sage ich.
„Die Hotels, in die wir gehen könnten, sind längst zu."
Von einem erleuchteten Eingang streben wir zum anderen. Aber wir finden kein Bett für unsre Nacht.

Eine leere Straße. Ein Fleck glitzert im Licht Straßenlampen, die an Drähten mitten im schwarzen Himmel hängen – im Licht einer letzten Hochbahn – im Licht wie einsamen, heimkehrenden Autos.
Hans durchstreift mühevoll jede Ruine, aber es finden sich keine heimlichen Ecken. Man hat in den Ruinen aufgeräumt.
Ich folge ihm, als er einen niedrigen Zaun übersteigt. Wir stehen im Schatten einer Baracke. Wir küssen uns.
Eine Schar Angetrunkener grölt in der Straße. Ein Dampfer tutet. Jede Faser bebt an mir. Alles ist so verheißungsvoll.
Hans späht wieder umher. Er flüstert: „Das ist ein Baubüro hier. Hier soll noch eins werden. Ich will sehen, ob die Scheiben eingeschlagen sind."
Wir kehren auf die Straße zurück. – Ein Betrunkener – gut angezogen – kommt auf uns zu.
„Ein Bein stellen – und dann die Brieftasche!" murmelt Hans. Der Betrunkene kann heil vorüber. Hans kichert.
„Wir müssen uns ein Hotel suchen!" sage ich.
„Die Hotels, in die wir gehen könnten, sind längst zu."
Von einem erleuchteten Eingang streben wir zum anderen. Aber wir finden kein Bett für unsere Nacht.

Eine leere Straße. Ein hohes Gebäude ähnlich einer Kaserne, einem Krankenhaus. Von den Mauern kaum zu unterscheiden stehen zu Gruppen geballt schweigsame schwarze Gestalten. Grauer Hauch weht ihnen von den Mündern und dumpf wechseln sie von einem Bein auf das andre.
„Hafenarbeitsamt. Zweite Schicht ist gerade vorbei." Wir gehen weiter. Es ist die Stunde, in der die letzten Menschen zwischen den Straßen ziehen und verstummen und sich verlieren vor den grauen Gesten der Häuser. Nur zuweilen raschelt der Schritt eines Einzelnen duch die Stille. „Das sind Spitzel" sagt Hans. „Polizeispitzel, ehemalige Verbrecher. Auch mir hat man es vorgeschlagen. ‚Sie werden ja doch rückfällig sonst', haben die gesagt."
Eine leere Straße. Er sagt: „Wenn man hier die Jahre zusammenzählen würde, die die Leute hier im Gefängnis oder im Zuchthaus waren: Jahrtausende! – Tausend Jahre ...." – „Hier ist ein dunkler Eingang!" – „Ja, komm!" Und er zieht mich hinein. – Ein stickiges Treppenhaus. Er öffnet mit zuckenden Händen meine Hose und zieht sie herunter. Ich fühle, wie auch er sich entblößt. Wir betasten uns; wir küssen uns. Er bittet: „Dreh' Dich um! Komm! Komm! Komm! Komm!" Er klammert sich an mich, er drängt mächtig ein in mich mit fast qualvoller Anstrengung.

Eine leere Straße. Ein hohes Gebäude ähnlich
einer Kaserne, einem Krankenhaus. Von den
Mauern kaum zu unterscheiden stehen zu Gruppen
geballt schattenhafte schwarze Gestalten. Grauer
Hauch weht ihnen von den Mündern und dumpf
wechseln sie von einem Bein auf das andere.
„Hafenarbeitsamt. Zweite Schicht ist gerade vorbei."
Wir gehen weiter. Es ist die Stunde,
in der die letzten Menschen zwischen den Straßen-
zeilen und verstummen und erst
verlieren werden graue Gesten der Häuser. Nur
zuweilen verhallt der Schritt eines Einzelnen durch
die Stille. „Das sind Spitzel" sagt Hans.
„Polizeispitzel, ehemalige Verbrecher. Auch mir
hat man es vorgeschlagen. ‚Sie werden ja doch
rückfällig Bursche,' haben sie gesagt."
Eine leere Straße. Er sagt: „Wenn man hier die
Jahre zusammenzählte würde, die die Leute
hier im Gefängnis oder im Zuchthaus waren:
Jahrtausende! — Tausend Jahre ....“ —
„Hier ist ein dunkler Eingang." — „Ja, komm!"
Und er zieht mich hinein. — Ein stickiges Treppen-
haus. Er öffnet mit zuckenden Händen meine Hose
und zieht sie herunter. Ich fühle, wie auch er sich
entblößt. Wir betasten uns; wir küssen uns. Er
bittet: „Dreh' Dich um! Komm! Komm! Komm!"
Er klammert sich an mich, er dringt mächtig
ein in mich mit fast qualvoller Anstrengung.

Und ich erfahre zum erstenmal das große Glück, das für einen Jüngling seltene Glück, besessen zu werden.
So gewaltig seine Handlungen sind, sind sie gleichermaßen sanft. Er ist unbedingt – und rücksichtsvoll.
In mäßigen Bewegungen, hastlos vollziehen wir unser gemeinsames Spiel – dem ruhevollen Hin und Zurück der Wellen auf dem Strand vergleichbar.
Dann bäumt er sich zum Letzten auf. Schneller und schneller – er gerät aus dem Takt. Er fängt sich wieder.
Ich bin ganz eingefangen, ganz beherrscht von dem großen Willen seines Leibes. Ich spüre sein Glück mich zu besitzen und dieses mein Vergnügen kann ich nur steigern, indem ich meinen Willen ganz dem seinen ergebe. Meinen Willen nur als das noch erkenne, was den seinen steigert oder steigern könnte.
Je mehr ich gebe – desto mehr erhalte ich. Beide haben wir alles eingesetzt beim Spiel und keiner wird etwas verlieren.
Er stößt Wortbrocken hervor.
Ich fühle nicht einmal mehr, wie es mir selbst entströmt – ich fühle nur seine letzten kleinen Stöße – die jenseits seines Bewußtseins ausgelöst werden.
Wir gleiten auseinander und ich liebkose sein schweißfeuchtes Gesicht. „Du hast wenig Zärtlichkeit in Deinem Leben gehabt.“ lächelt

und ich erfahre zum erstenmal das große Glück,
das für einen Jüngling seltene Glück, besessen
zu werden.
So gewaltig seine Handlungen sind, sind sie
gleichermaßen sanft. Er ist unbedingt – und
rücksichtsvoll.
In mäßigen Bewegungen harter vollziehen
wir unser gemeinsames Spiel – dem ruhevollen
Hin und Zurück der Welle auf dem Strand
vergleichbar.
Dann bäumt er sich zum Letzten
auf. Schneller und Schneller – er gerät aus
dem Takt. Er fängt sich wieder.
Ich bin ganz eingefangen, ganz beherrscht
von dem großen Willen seines Leibes. Ich spüre
sein Glück mich zu besitzen und dieses mein
Vergnügen kann ich nur steigern, in dem ich meinen
Willen ganz dem seinen ergebe. Meinen Willen
nur als den noch erkenne, was den seinen
steigern oder stärken könnte.
Je mehr ich gebe – desto mehr erhalte ich. Beide
haben wir alles eingesetzt beim Spiel und keiner
wird etwas verlieren.
Er stößt Wortbrocken hervor.
Ich fühle nicht einmal mehr, wie er mir selbst
entströmt – ich fühle nur seine letzten kleinen
Stöße – die jenseits seines Bewußtseins ausgelöst
werden.
Wir gleiten auseinander und ich liebkose sein
Schweißfeuchtes Gesicht. „Du hast wenig
Zärtlichkeit in deinem Leben gehabt." Lächelt

er. Es ist nicht so. Aber ich bin ihm dankbar für das Wort, denn es zeigt, daß er meinen großen Durst verstanden hat. Ich bin getröstet. Die Kraft ist tröstlich. Ich sage ihm noch: „Wir sind wie die Tiere." Ich weiß nicht einmal, ob er versteht, wie es gemeint ist. Mag sein, er gibt meinen Worten den leichtesten Sinn.

Draußen sind wir wieder von dem seltenen, eindringlichen Geräusch lauernder Spitzel – wie Hans meint – umgeben.

Ganz allein stehen wir auf dem Karl-Muck-Platz. Vielleicht schlägt irgendwo eine Uhr.

„Sieh mal da oben, in dem Kasten, in dem Polizeigebäude. Da sitzen sie und kontrollieren und vergleichen und erteilen Befehle. – Polizei! Vielleicht sind sie auch schon hinter uns her.

Morgen hab ich sowieso Termin. Ich werde wohl verurteilt werden. Man lernt viel im Gefängnis, auch Ringelnatz und Nietzsche und ... na, und das ja sowieso. Aber wehe, wenn sie es merken. Dann kommt der Karzer, und das ist schrecklich – da verreckt es sich schnell – im Karzer ...

Einmal sah ich durch ein Gitter hinter einem andern Gitter einen Jungen, der war sechzehn vielleicht, und der war blond. – Das war so unglaublich – ja!"

„Aber Du hast doch gesagt, daß Du so brutal ..." „Ach, das hab ich so gesagt. Ich habe auch Scheu gehabt ... und manchmal schlägt es sich ja auch so leicht."

u. Es ist nicht so. Aber ich bin ihm dankbar für den Witz, denn es zeigt, daß er meinen großen Durst verstanden hat. Ich bin gerührt. Die Kraft ist tödlich. Ich sage ihm nur: „Wir sind wie die Tiere." Ich weiß nicht einmal, ob er versteht, wie es gemeint ist (!). Mag sein, er gibt meinen Worten den schlechtesten Sinn.

Draußen sind wir wieder von den Schatten, unheimlichen Geräuschen lauernder Spitzel – wie Hans meint – umgeben.

Ganz allein stehen wir auf dem Karl-Marx-Platz. Vielleicht schlägt irgendwo eine Uhr.

„Sieh mal da oben, in dem Kasten, in dem Polizeigebäude. Da sitzen sie und kontrollieren und vergleichen und erteilen Befehle. – Polizei! Vielleicht sind sie auch schon hinter uns her.

Morgen habe ich sowieso Termin. Ich werde wohl verurteilt werden. Man lernt viel im Gefängnis, auch Ringelnatz und Nietzsche und ... na, und das ja sowieso. Aber wehe, wenn sie es merken. Dann kommt der Karzer, und das ist schrecklich. Da verreckt es sich schnell im Karzer...

Einmal sah ich durch ein Gitter hinter einem anderen Gitter einen Jungen, der war achtzehn vielleicht, und der war blond. Das war so unglaublich — ja!"

„Aber du hast doch gesagt, daß du so brutal...

„Ach, das habe ich so gesagt. Ich habe auch Schiss gehabt ... und manchmal schlägt es sich ja auch so leicht."

Ein uns beobachtender Mann geht vorüber. „Ja, geh schon. Schnell ein bischen [sic]. Geh, geh! Schneller! Will Dich garnicht sehen. Es ist besser für Dich, wenn Du gehst." zischt Hans dem Unbekannten nach und zu mir sagt er: „Ich wollte mich heute abend noch mal amüsieren."
„Hast Du Dich gut amüsiert?"
„Und wenn es mir nur darum war, Deinen göttlichen – ja göttlichen, aber das klingt so dumm, Deinen Körper zu fühlen."
Er stellt sich auf die Zehenspitzen – und dann wippt er nach vorn und berührt ganz flüchtig meine Lippen mit den seinen – und lächelt – und geht – Er biegt um eine Ecke.
Und ein geringster Rest Speichel seines letzten Kusses wird auf meinen Lippen kalt ....

Ein nur beobachtender Mann geht vorüber.
„Ja, geh schon. Schnell ein bißchen. Geh, geh! Schneller! Will Dich garnicht sehen. Es ist besser für Dich wenn Du gehst." zischt Hans dem Unbekannten nach und zu mir sagt er: „Ich wollte mich heute abend nochmal amüsieren."
„Hast Du Dich gut amüsiert?"
„Und wenn es nur darum war, Deinen göttlichen — ja göttlichen, aber das klingt so dumm, Deinen Körper zu fühlen."
Er stellt sich auf die Zehenspitzen — und dann wippt er nach vorn und berührt ganz flüchtig meine Lippe mit der seinen — und lächelt — und geht — Er biegt um die Ecke.
Und ein getrockneter Rest Speichel seines letzten Kusses wird auf meiner Lippe kalt...

Nachwort

Blenden wir zurück auf das Jahr 1955 im Lebenslauf des werdenden Schriftstellers Hubert Fichte: Zu dieser Zeit kreuzten einander verschiedene Aufbrüche und Abschiede, mehrere biographische Linien überschnitten sich. Seinen Mentor (und Verführer) Hans Henny Jahnn hatte er als übermächtige Vaterfigur einigermaßen von sich abrücken können (auch wenn er im gleichen Jahr noch den Vatermord träumte und ihn anscheinend brieflich dem Älteren antrug); die schmerzliche Trennung von dessen Adoptivsohn Yngve, der sich in Jahnns Tochter Signe verliebt hatte, war vollzogen. Wohl deshalb rückte Hans-Herman Rief, der andere Mentor und rund dreißig Jahre ältere Counterpart, seit 1949 mit Fichte bekannt, in große Nähe, wovon zahlreiche Briefe Fichtes, auf Deutsch, Französisch und Englisch geschrieben, zeugen. Zurück lagen ein Französischstudium in Tours, eine Reise zu den romanischen Kirchen von Aquitanien (auf den Spuren Hans Henny Jahnns), landwirtschaftliche Arbeit in den Weinbergen von Maubec, ein Aufenthalt bei dem Bauern und Maler Serge Fiorio im provençalischen Montjustin und die Sozialarbeit im Camp de Pomponette, einem Hilfswerk der Emmausgemeinde unter dem Arbeiterpriester Abbé Pierre-Grouès in Paris. Kaum von einer schweren Hepatitis genesen, war Hubert Fichte Anfang Januar 1955 wieder in Hamburg. Mit seinen ersten Veröffentlichungen in der deutschfranzösischen Kulturzeitschrift *Antares* – ein Reisebericht, Literatur- und Kunstkritiken – von 1953 an, hatte er bereits einige Spuren hinterlassen, aber literarische Prosa konnte er erst vier Jahre später, 1959, veröffentlichen.

Im Juni 1955 ging Fichte zu einem der wenigen Lehrhöfe in Dithmarschen, in eine Landwirtschaftslehre beim Bauern Sierk nach Süderholm. In einer

Fichte beim Bauern Sierk in Süderholm, Dithmarschen, 1955

Abbildung Seite 47:
Hubert Fichte mit Hans-Herman Rief in Worpswede vor dem Haus im Schluh, um 1957

eigenen Mappe hat er die Notizen und Dokumente aus dieser knapp zweijährigen Ausbildung zum Landwirtschaftsgehilfen aufbewahrt – wie Trophäen eines versunkenen Einst, an das man sich gleichwohl gerne erinnert. Es gibt Blätter mit Bemerkungen über die Kennzeichen der einzelnen Tiere, über ihre Aufzucht und Nachzucht, Beobachtungen der Wetterlagen, Aufzeichnungen zum Futter und zum Gewicht der Tiere, zu den Milcherträgen; Tagesläufe werden memoriert, eingelegt sind ein Pflanzenkurier, eine Arbeitsskizze des Pflugs und handschriftliche Verzeichnisse von Fachliteratur, Werbung für Tierfutter, Gebrauchsanleitungen für den Bau von Hühnerställen. Ein immens tätiger, aufs Praktische gerichteter Sachverstand schult sich unter den nicht geringen Anforderungen, die der Lehrbetrieb stellt.
Das ist der eine Hintergrund des zwanzigjährigen Literaten Fichte. Aber auch ein anderer wird aus diesen Dokumenten sichtbar. Den Materialien aus der Landwirtschaftspraxis beigefügt ist ein Zettel mit stenogrammartigen Hinweisen auf Thales, Aristoteles und arabische Wissenschaft. Fichte scheint in dieser Ausbildungszeit von einem imperialen Lektürefieber besessen zu sein. Von Rief erbittet er sich Büchergroschen, Taschenbücher jeder Art, Prospekte über eine Reihe „Wissen“, dankt für geliehene Literatur, verlangt nach mehr, sucht Verbindungen nach hier und dort. Der Autodidakt möchte seinen Horizont erweitern, will sich schulen, möchte gedanklichen Austausch. Rief, der Archivar der Worpsweder Künstlerkolonie, ist die erste Adresse dieses Begehrens. Ihm schreibt er auf Französisch und in (noch komischem) Englisch, um seine Fremdsprachenkenntnisse unter Beweis zu stellen (vielleicht auch ein wenig, um damit die eine oder andere erotische Anspielung vor fremden Augen zu schützen).
Vorallem breitet Fichte seine Einsamkeit und Isolation aus. Er stilisiert sich geradezu zu einem enthaltsamen Asketen, obwohl doch zu den (von ihm

selbst erzählten) Ereignissen in dieser Zeit sexuelle Beziehungen zu Hans und Klaus, den Söhnen des Lehrherrn, gehören.
Im Roman *Hotel Garni* schrieb Fichte später über diese Etappe seines Lebens: „Meine Wörter schrumpften ein zwischen den endlosen Reihen Zukkerrüben, Saatkartoffeln, Winterkorn, unter der Egge und dem Pflug, unter dem Trecker hervor fräste ich winzige Platten, wie Fragmente, die ich als Gedichte aufschrieb." Eines dieser (unveröffentlichten) Gedichte von 1956 markiert im Konditionalis seine gefühlte Isolation:

„Was nützt der herbe Dienst
Was nützt Enthaltsamkeit –
Die Nähe der Natur
Was Geist –
Wenn die Liebe nicht
Zart alles umfangen darf
Scham scheucht den Schlaf
Ekel mattet die Glieder
Würde wird müd.
Kaum aber - - - - - - -
Blüht die Frühe."

Man kann bestreiten, daß diese Zeit um die Mitte der fünfziger Jahre für Fichte literarisch so unproduktiv war, wie er es im nachhinein darstellte. Eher hat er damals einige Voraussetzungen fürs Schreiben geschaffen, eine Schulung seiner Möglichkeiten durch Lektüre und das Selbststudium literarischer Verfahren betrieben. Deren Ergebnis ist die Erzählung *St. Pauli-Geschichte*. Der Text, sechzehn knappe Seiten, achtzehn Blatt mit Titelei und Vorbemerkung, ist nur erhalten in einer kalligraphischen Handschrift, die Hans-Herman Rief zum Geburtstag zugedacht ist.

Sie ergibt das Erkennungszeichen einer langjährigen Beziehung, in der Rief sich als Förderer und erster Kritiker des jungen Fichte erwies. Auch der Ältere hatte zwischen der Landwirtschaft und den Künsten gependelt. Er sollte den elterlichen Hof in Hennstedt übernehmen, studierte jedoch lieber Kunst- und Literaturwissenschaft. Als Schüler las er die Tagebücher der Worpsweder Malerin Paula Modersohn-Becker und wurde unter diesem Eindruck in der Künstlerkolonie bei Bremen heimisch. Im Krieg schloß er Freundschaft mit französischen Gefangenen, nach 1945 knüpfte er zahlreiche kulturelle Kontakte zur Pariser Künstler- und Literatenszene, unter anderem zu Jean Cocteau. Hans-Herman Rief hat erstmals 1974 das graphische Werk Heinrich Vogelers herausgegeben und mit Martha Vogeler eine Sammlung Worpsweder Kunst begründet. Sein „Haus im Schluh" beherbergt eine Sammlung französischer Künstlerplakate, aber auch von erlesenen Parfüm-Flacons. Seine Briefe an Fichte, der den Hof in Hennstedt öfter besuchte und mit den Verwandten Riefs, die ihn bewohnten, durchaus vertraut war, haben sich nicht erhalten, sehr wohl jedoch viele Episteln Fichtes an ihn. In ihnen wird die *St. Pauli-Geschichte* mehrfach erwähnt. Sie spiegeln den immensen Ehrgeiz des Landwirtschaftseleven, die Bücherwelt zu erobern, und sie dokumentieren manche erstaunliche Selbstsicherheit, über die der Zwanzigjährige bereits verfügt, auch wenn Zweifel und tastende Orientierung überwiegen.

Erzählt wird in der *St. Pauli-Geschichte* die Begegnung zweier Homosexueller in aller wissenden Heimlichkeit unter der Diktatur der Prüderie in den fünfziger Jahren und unter der Verbindlichkeit des Paragraphen 175 im Strafgesetzbuch, der für gleichgeschlechtliche Beziehungen einen Gefängnisaufenthalt androht. Der Ich-Erzähler stellt sich unmaskiert als „Hubert" vor; er streift durch St. Pauli, durch eine exakt lokalisierte Topographie. Er trifft in der Loreley-Bar auf den farbigen Arbeiter Hans. Auf der Straße gesellen sie sich zueinander, die Begleiter des schönen Hans werden abgeschüttelt, die beiden suchen nach einer Möglichkeit, es miteinander zu treiben. Sie haben Angst vor Observanten, die sie „Spione“ nennen. Hans ist wegen verschiedener Delikte schon mehrmals im Gefängnis gewesen und muß sich am kommenden Tag erneut vor Gericht verantworten. Die Angst vor Schnüfflern und Zuträgern, die Obdachlosigkeit der Triebwünsche und die Heimlichkeit, mit der alles geschehen muß, erzeugen zwischen den beiden eine erregende Intimität. Der dunkle Hausflur, in dem der Geschlechtsakt vollzogen wird, steigert den Kitzel. Der Ich-Erzähler erlebt eine neue Variante seines Sexuallebens: „Und ich erfahre zum erstenmal das große Glück, das für einen Jüngling seltene Glück, besessen zu werden.“

Diese *St. Pauli-Geschichte* ist als Teil eines größeren Manuskripts ausgewiesen: „Nur eine Skizze, nur ein Steinchen aus dem großen Mosaik eines halbgeschriebenen, unendlichen Romans, der mein Leben behandelt, – den mein Leben formt.“ Einen Roman über seine Kindheit hat Fichte nach eigener Aussage schon früh begonnen, aber dann in Schweden das Manuskript weggeworfen. Die Vorbemerkung zur *St. Pauli-Geschichte* läßt allerdings offen, als was dieser „Roman“ zu verstehen sei: als jenes Manuskript oder eher als eine Metapher für Fichtes Leben, aufgefaßt als offenes Buch.

Mit dem Roman *Das Waisenhaus* (1965 erschienen) verfolgt Fichte einige Jahre später erneut seine Spuren zurück, versetzt er sich in die Vorstellungswelt des Achtjährigen, der auf ein Jahr im katholischen Waisen- und Kinderhaus Schrobenhausen zurückblickt. Aufgerufen werden dort in sprunghaften Wahrnehmungen, Empfindungen und Gedankenreihen das innere Fremdsein, Ängste, Verlassenheiten, Träume, Wirrnisse gleichsam aus den Augenwinkeln heraus: das Motiv des Beobachtens und der Fixierung durch die beobachtenden Blicke der anderen durchzieht den Roman.

Eine Vorübung zu dieser impressionistisch wirkenden, aber methodischbewußten Erzählweise findet sich bereits in der *St. Pauli-Geschichte*. Die nächtlichen Kulissen werden angeblendet, Wahrnehmungen folgen, wie aus einem größeren Beobachtungsfluß herausgefischt, durch Punkte oder Striche getrennt, aufeinander. Der Blick bestimmt des Ich-Erzählers Innensicht, aus der heraus das Milieu aufgebaut wird.
Die Loreley-Bar, ein Stricherlokal in der Detlev-Bremer-Straße, wirkt aber auch schon wie ein Vorraum der „Palette" am Gänsemarkt: die Arbeiter und Säufer, die Asozialen und Hilfsbedürftigen, die Transvestiten und die Streuner auf der Suche nach dem Minutenglück, die darin abhängen, könnten sich auch in der anderen Lokalität einfinden. Mitte der fünfziger Jahre, zur Zeit der *St. Pauli-Geschichte*, war die Loreley-Bar ein stadtbekannter Schwulen-Treff. Ab 1967 wurde sie, wie in dem Buch *Hamburg auf anderen Wegen* von Bernhard Rosenkranz und Gottfried Lorenz berichtet, ein Versammlungsort der Lederszene, von der Fichte später in den Gesprächen mit dem „Ledermann" Hans Eppendorfer (1977) einiges erschloß. Die Geschichte hat noch nichts von dem kühnen Vorsatz des Erzählers, der mit dem experimentellen Großversuch *Die Palette* (1968) sich vornehmen wird, „einen Roman [zu schreiben], der die Dinge nicht benennt und die Vorkommnisse, sondern ersetzt." Noch ergibt der sprachliche Ausdruck nicht „Gegenstoff, Metawörter. Antigrammatik. Für eine Metabuchmesse." Und auch das Bekenntnis zum Artistentum ist noch fern, das im phallozentrischen Roman *Versuch über die Pubertät* (1974) formuliert wird: „Schichten statt Geschichten, Kiesel, Zeitraffer, Zeitlupe, die Uhrzeit verlieren und auch die wiedergefundene Zeit wieder verlieren." Aber die *St. Pauli-Geschichte* bezeichnet den Beginn jenes erzählerischen Bogens, der über die Hamburger Romane bis zu vielen Bänden der *Geschichte der Empfindlichkeit*, bis zu Fichtes ironisch-enthusiastischer For-

derung nach „Verschwulung der Welt" reicht. Fichtes Lebens- und Schreibkonzept einer offensiven Verteidigung der Homosexualität, das mit der *St. Pauli-Geschichte* einen Anfang nahm, gerät Anfang der achtziger Jahre angesichts der rasanten Ausbreitung von Aids in Zweifel. Im Gespräch mit einem Arzt von St. Pauli gab er sich damals noch der Illusion hin, die Seuche sei unter seinesgleichen nicht häufiger als unter Heterosexuellen. In seinen Notizen über Aids, Auszügen aus seinem Tagebuch von 1985, wußte er es besser und genauer. Mit einem rabiaten Sarkasmus drückte er es aus: „Man geht als Knochenmann mit jemand ficken, mit einem Knochenmann." Das ist das Ende jener ostentativen Triumpherklärung der Schwulenkultur, wie sie Fichte formulierte und für die sein Werk einsteht.
Der kleine Text des Zwanzigjährigen bildet den Anfang, ist, alles in allem, eine energische Setzung: ohne verschleiernde Metaphorik und ohne verschwiemelnde Zweideutigkeit wird vom Wahlrecht des Körpers und von der homosexuellen Lust erzählt. Das Motto der beiden, die sich finden, lautet schlicht und unmißverständlich: „Wir wissen genau, was wir voneinander wollen. Amüsieren wir uns so gut miteinander wie es eben geht." Die Erzählung beschreibt einen Gang hinein in die fortschreitende Nacht, in ein immer tieferes, menschenfernes Dunkel. Hans, der begehrte Körper eines Mulatten, weist auf jene sexuelle Präferenz für Schwarze hin, die Fichte später öfter bekannt hat.
Vorgestellt wird die Geschichte einer Unterwerfung: der Ich-Erzähler ist dem anderen zu Diensten und erfährt dadurch seine Luststeigerung. Das Abtasten der jeweiligen sexuellen Vorlieben, mit dem Changieren von Anziehung und Befremdung verbunden, hat eine sprachliche Entsprechung: die beiden verkürzen und vergrößern durch den Wechsel von vertraulicher und förmlicher Anrede den Abstand zueinander. Die Gewaltbereitschaft von Hans, auch an Mädchen erprobt (oder nur behauptet), erweist sich im

Akt als das Gegenteil: „So gewaltig seine Handlungen sind, sind sie gleichermaßen sanft. Er ist unbedingt – und rücksichtsvoll." Angedeutet werden auch durchkreuzte Erwartungen, wechselndes Rollenspiel, eingeübte Manöver der Täuschung. So bleibt offen, ob Hans am nächsten Tag wegen einer Schlägerei, eines Raubs oder wegen Homosexualität vor Gericht erscheinen muß.

Im Vorspruch wird der Text leicht behandelt, fast abgetan, als handle es sich tatsächlich nur um einige „Gedanken auch zu den großen Themen Asozialität, Liebe, Verzweiflung und Würde". Der Erzähler mustert die Verhältnisse, die er mit wenigen intensiven Strichen skizziert, in der *St. Pauli-Geschichte* noch als soziales Milieu der Außenseiter. Im *Versuch über die Pubertät*, neunzehn Jahre später, ist eben dieses Milieu nur noch Material, um von einem Zustand zu erzählen, in dem das Ich in Anführungszeichen gesetzt und gesprengt wird. Hier jedoch ist der Kult, zwanzig Jahre jung zu sein, sich in die Riten der Sexualität jenseits der Konventionen einzuüben, die offene Überschreitung zu wagen, noch ungebrochen. Erzählt wird in einem impressionistischen Präsens über die Intimität inmitten der Verbotszonen, der nicht genehmigten Orte, der drohenden staatlichen Repression. Am Schluß wird einer der „Spitzel" weggescheucht wie ein Spuk, und ein Anflug von Trauer über diese Liebesverbote, über diese Kriminalisierung der unwillkürlichen Lust ist unverkennbar.

Die Erzählung wird von einer Paradoxie ummantelt, der sie nicht entkommen konnte: sie bezeichnet ein coming out ohne Zuschauer; sie konnte nicht veröffentlicht werden. Noch galten gegenüber den Homosexuellen, wenn auch vor allem gegenüber den männlichen, die Reglements aus der Nazizeit, in der die Schwulen ins Konzentrationslager gesteckt und mit dem rosa Winkel gebrandmarkt wurden. Im Mai 1957 bestätigte das Bundesverfassungsgericht die Rechtmäßigkeit des Paragraphen 175 in der nazistischen Fassung mit der Behauptung, daß „gleichgeschlechtliche Betätigung eindeutig gegen das Sittengesetz verstoße" und das „sittliche Empfinden" verletze. Homosexuelle Männer, die im Konzentrationslager gesessen hatten, erhielten keine Entschädigung, sie galten weiterhin als gewöhnliche Verbrecher. Die Kriminalpolizei observierte die Szene, viele Existenzen wurden dadurch zerstört. Erst 1969, 24 Jahre nach Kriegsende, zeichnete sich durch die erste Reform des Paragraphen eine Veränderung ab. So konnte Fichte seine *St. Pauli-Geschichte* niemandem zur Veröffentlichung anbieten.

In seinem Vorspruch bezeichnete er die Erzählung als „eine Entgegnung auf das Enfant Criminel von Jean Genet und auf die Sätze Gabriel Marcel's". Welche Sentenzen des christlichen Existentialisten gemeint sein könnten, bleibt offen: ein direkter Anhaltspunkt ist nicht gegeben. Allenfalls könnte der Text in Beziehung gesetzt werden zu der Schrift *L'Homme problematique*, in der Marcel das Sein als Mysterium begriff, das sich einer Liebe öffnen müsse, in der kein Objekt mehr sei, sondern das dialogische Prinzip herrsche. In Bezug auf den poète maudit Genet jedoch handelt es sich um die frühe Spur einer lebenslangen Auseinandersetzung, die mit einem – mißratenen – Interview des Skandalautors von 1975 ihren Höhepunkt fand. Seit den Tagen in der Provence war Genet für den Schriftsteller avant la lettre ein geistiger Entwicklungshelfer gewesen. Der Essay *L'Enfant criminel* beschreibt Genet als Jugendlichen, der 1926 in die landwirtschaftliche Strafkolonie Mettray verbracht, seine Aufsässigkeit und seinen Widerstand beweist und nach zweieinhalb Jahren in die Fremdenlegion abhaut. Er stieß eine Welt von sich, die ihn verstoßen hatte. In einem solchen leitmotivischen Zusammenhang hat sich Fichte wohl selbst verstanden, wenn auch anders orientiert. Man könnte Hans, der mit dem Gesetz in Konflikt lebt, vielleicht als einen schwachen Umriß von Genet verstehen. So würde, um die Spekulation weiterzutreiben, die *St. Pauli-Geschichte* eine chimärische Vereinigung mit dem bewunderten Vorbild. Zart und leichthändig, wie eine erste Fingerübung, kommt diese frühe Erzählung daher. Fichte glaubte anscheinend nicht sehr an sie oder war unsicher über das Ergebnis. Davon zeugen seine Streichungen und Verbesserungen in der kalligraphischen Handschrift. Aber auch die briefliche Mitteilung, Rief solle sie Hans Bender nicht zeigen, denn er habe sich stilistisch bereits weiterentwickelt, spricht dafür. Er empfand gewiß einige Scheu, dem sechzehn Jahre älteren Bekannten, der im Jahr zuvor gemeinsam mit Walter Höllerer die Zeitschrift „Akzente" begründet und seinen ersten Roman *Eine Sache wie die Liebe* veröffentlicht hatte, sein Elaborat zu zeigen. Das spricht nicht gegen die Geschichte. Sie wurde zwar von den nachfolgenden Romanen Fichtes überholt und blieb in der Schublade liegen. Aber sie strahlt doch etwas von der Fichteschen Selbstgewißheit und vom Zauber des Anfangs aus.

Wilfried F. Schoeller,
im August 2006

Brief an Hans-Herman Rief
Datum des Poststempels: 20. Juli 1955

Lieber Hans Herman.

Recht herzlichen Dank für die freundliche Übersendung des Geldes sowohl an Frau Kruck [Dulu Kruck, eine Vertraute von Hubert Fichte], als auch an mich. Hier ist die Heuernte vorbei. Ich habe sie trotz schwerster Arbeit sehr gut überstanden, und bin kräftig und braun dabei geworden.
Ich übersende Dir anbei etwas Arnika-Samen, den Du vielleicht in Deinen Blumengarten aussäen magst, ich habe das gleiche hier in Süderholm getan, und bin auf den Erfolg gespannt.
Ich habe mal wieder zwei Bitten an Dich – es ist fürchterlich: Könntest Du mir eine französische Grammatik leihen? Meine eigene liegt immer noch in Südfrankreich – und der olle Testanière [Aimé Testanière, Schafhirt in der Provence, bei dem Fichte 1953/54 arbeitete und später, im Herbst 1959, nach seiner abgeschlossenen Landwirtschaftslehre in Süderholm bei Heide, ein landwirtschaftliches Praktikum begann] schickt und schickt meine Bücher ja nicht. Und kannst Du mir außerdem einmal einen Prospekt der KiWi-Bände mitschicken – hier in Heide werden die komischerweise nicht verkauft und ich habe nun eben im Augenblick den Taschenbuchfimmel.
Les Temps Modernes haben auf meine Bitte hin ein Presseexemplar mit dem Genet gesendet.
Übrigens war Mutti ganz überraschend in Süderholm und ich habe mit ihr einen der schönsten Tage meines Lebens verbracht. Es war ganz unvorstellbar.

Lieber Hans Hermann.

Recht herzlichen Dank für die freundliche Übersendung des Geldes sowohl an Frau Krenk, als auch an mich.

Hier ist die Heuernte vorbei: Ich habe sie trotz schwerster Arbeit sehr gut überstanden, und bin kräftig und braun dabei geworden.

Ich übersende Dir außerdem etwas Arnika-Samen, den Du vielleicht in deinem Blumengarten aussäen magst; ich habe dasgleiche hier in Süderhastedt getan, und bin auf den Erfolg gespannt.

Ich habe mal wieder eine Bitte an Dich; es ist fürchterlich: Könntest Du mir eine französische Grammatik leihen? Meine eigene liegt immer noch in Südfrankreich – und die olle Tatamière schickt und schickt meine Bücher ja nicht. Und kannst Du mir außerdem einmal einen Prospekt der Kindt-Bände mitschicken – hier in Heide werden die Kommissionswerke nicht verkauft und ich habe nur eben im Augenblick den Taschenbuchfimmel.

Les Temps Modernes haben auf meine Bitte hin ein Presseexemplar mit dem Genet gesandt.

Übrigens war Mutti ganz überraschend in Süderhastedt und ich habe mit ihr einen der schönsten Tage meines Lebens verbracht. Es war ganz unvorstellbar. Sie hat mir zum Andenken den Band von Kahler: Aufstieg der Menschheit (Fischer) geschenkt.

[Brief an Hans-Herman Rief
Datum des Poststempels: 20. Juli 1955] – 2. Seite

Sie hat mir zum Andenken den Band von Kühn: Aufstieg der Menschheit (Fischer) geschenkt.
Von Till [ein früherer Freund Fichtes] habe ich gar keine Nachricht – und das ist mir auch völlig egal – ich lebe emotionell völlig ruhig und entbehre weder die Liebe, das Liebesspiel und ich lebe sehr enthaltsam der harten schönen Arbeit – meinen abendlichen Studien und dem sonntäglichen Schreiben. Eine besondere Freundschaftsbindung habe ich eigentlich nur zu Dir – aber ich warte immer sehr lange auf Deine Briefe – ohne daß mich das Warten unruhig machte. Prends ton temps.
Ich habe einen sehr zauberhaften Abend – sehr zärtlich, aber nicht sinnlich mit einem der Sierk Söhne [Hans Willi Sierk war Fichtes Lehrherr in Süderholm] auf dem Heu verbracht – unvergeßlich vor der weich-herben Kulisse des Moores. –
Wie geht es Dir, lieber Hans Herman? Ich würde so gerne kommen und Deine Rosen bewundern – aber Ferien gibt es wohl erst nach Weihnachten.
Ich hoffe, daß Du mir weiterhin aufmerksam gewogen bleibst, wäre Dir auch äußerst dankbar, wenn Du die Zeit fändest mir das Ausleseheft mit dem Chatterton von H.H. Jahnn zu leihen [Thomas Chatterton: Tragödie von Hans Henny Jahnn] et je t´assure de mon amitié sincère et profonde

Hubert

Von Till habe ich gar keine Nachricht – und das ist
mir auch völlig egal – ich lebe emotionell völlig ruhig
und entbehre weder der Liebe, das Liebesspiel und
ich lebe sehr enthaltsam der letzten schweren Atemzü-
meinen abendlichen Studien und dem sonntäglichen
Schreiben. Eine besondere Freundschaftsbindung
habe ich eigentlich nur zu Dir – aber ich warte immer
sehr lange auf Deine Briefe – ohne daß mich das
Warten unruhig machte. Prends ton temps.
Ich habe einen sehr zauberhaften Abend. Sehr
zärtlich aber nicht sündig mit einem der
Sixtus Söhne auf dem Hausberg verbracht – unvergeß-
lich vor der weich-herbstlichen Kulisse des Waldes.–

Wie geht es Dir lieber Hans Hermann? Ich würde
so gerne kommen und Deine Rosen bewundern –
aber Ferien gibt es wohl erst nach Weihnachten.
Ich hoffe, daß Du mir weiterhin aufmerksam gewogen
bleibst, wäre Dir auch äußerst dankbar, wenn Du
die Zeit fändest mir das Auslesehefte mit dem
Charleston von H.H. Jahnn zu leihen. Et je t'assure
de mon amitié sincère et profonde

Walter

Postkarte an Hans-Herman Rief

Datum des Poststempels: 25. August 1955

Lieber H. H.

Ich habe heute gerade den interessanten Prospekt erhalten und danke herzlich. Mutti ist für eine Woche in Hennstedt und wir befinden uns gerade in Wesselburen mit Sierk. Wie geht es Dir? Hoffe bald ausführlicher von Dir zu hören. Herzlich Hubert.

[Zusatz von Dora M. Fichte:]
Viele Grüße von Ihrer Dora M. Fichte.
Ich finde es herrlich hier und bin sehr herzlich aufgenommen worden. Schreibe im Auto von Herrn Sierk, darum die Krakelschrift. Herzlich D.M.

[Zusatz von Hans Willi Sierk:]
Herzl. Grüsse H.W. Sierk

Hennstedt i. Dithm.

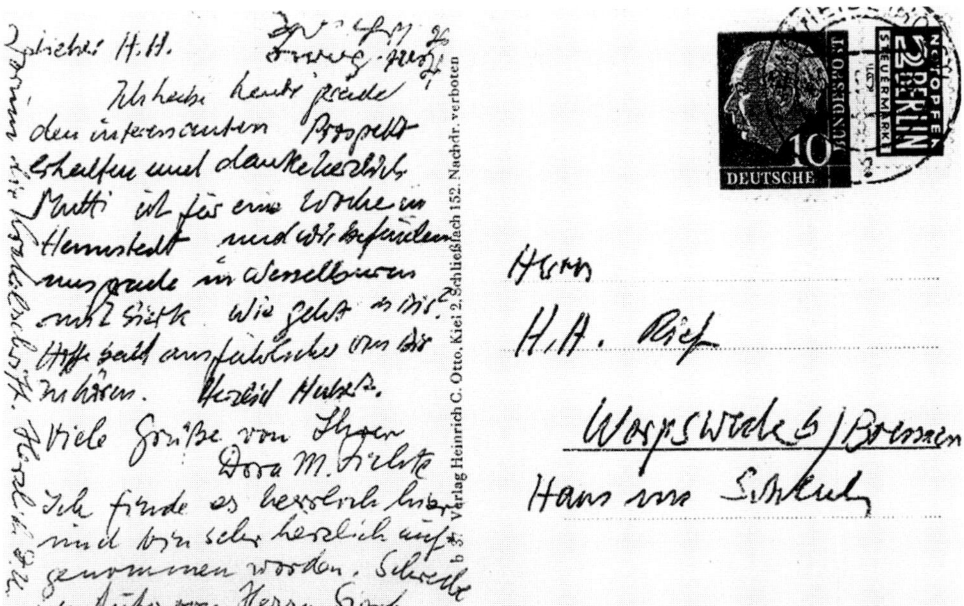

Liebe H.H. [illegible]

Ich habe heute gerade den interessanten Prospekt erhalten und danke herzlich. Mutti ist für eine Woche in Hennstedt und wir befinden uns gerade in Wesselburen mit Sierk. Wie geht es dir? Hoffe bald ausführliches von dir zu hören. Herzlich Hubert.

Viele Grüße von Ihrer Dora M. Sielcke

Ich finde es herrlich hier und bin sehr herzlich aufgenommen worden. Schreibe im Auto von Herrn Sierk,

[illegible]

b 3. Verlag Heinrich C. Otto, Kiel 2, Schließfach 152. Nachdr. verboten

DEUTSCHE BUNDESPOST 10 — NOTOPFER 2 BERLIN STEUERMARKE

Herrn

H.A. Rief

Worpswede b/Bremen

Haus im Schluh

Brief an Hans-Herman Rief

Undatiert, ohne Umschlag, vermutlich Dezember 1955 – Übersetzung

Lieber Hans Herman.

Ich sollte lieber keine Tasse Kaffee mit Dir trinken. – Ich ziehe Tee vor. Vielen Dank für Deinen sehr freundlichen Brief und für die 20,- DM. Ich werde davon einige Bücher kaufen, die ich gerade brauche. Mein Englisch ist nicht gerade „Oxford“-mäßig, aber ich muß üben und mache so allmählich Fortschritte.

Wie geht es Dir, lieber Freund, – einziger Freund? Du bist der einzige, den ich zur Zeit Freund nennen kann – es gibt wenige Verbindungen zu anderen und sogar die Kommunikation mit Hans Henny Jahnn ist nicht sehr eng und echt. Manchmal ist meine Einsamkeit so groß, daß ich nicht einmal Veränderungen wahrnehme. So hat es mein Herz nicht berührt, daß Ferdi, mein Kompagnon, gegangen ist.

Ich schicke Dir schon jetzt mein kleines Weihnachtsgeschenk und hoffe, es freut Dich – und diese Gedichte Deinen Gefallen finden. Wenn Du magst, zeig sie auch Hans Bender, mit dem Du sicherlich über mich gesprochen hast, aber zeig ihm nicht die St. Pauli Geschichte. Ich stehe nicht mehr zu dem Stil und dem Ganzen.

Was das Weihnachts-Treffen in Hennstedt betrifft, so kann ich nichts versprechen. Aber vielleicht komme ich zu Dir einen Tag vor meiner Abfahrt nach Hamburg. Du weißt, daß ich später einige Tage für Worpswede freigehalten habe?

Lieber Hans Herman, empfange meine herzliche Freundschaft und mein schlechtes Englisch dazu. Ich denke oft an Dich und hoffe, daß Du auf meine Gedichte bald kritisch eingehst

Hubert

Dear Hans Hermann.

I really should not like to drink ~~[illegible]~~ a cup of coffee with you. – I prefer tea. Many thanks for your very kind letter and for the 20.- DM. I shall by some books of this money which I need now. My English is not very Oxford but I must exercice and so I shall progress little by little.

How are you dear friend, – sole friend? You are the only one I call friend in this moment there are few connections with others and even the communication with Hans Henny Jahnn is not very strong and real. Sometimes ~~[illegible]~~ my loneliness is so great that I feel not more when it changes. So I did'nt perceive with my heart that Fredi, my companion was gone.

I send you already my little Christmas Gift and I hope that it will enjoy you – that these poems find your approval. If you like show them also to Hans Bender to whom you surely spoke of me but do'nt show the St. Pauli Gedichte. I dont agree not more with the style and the all.

Concerning the X-mas sojorn at Hamstedt I cannot promis anything But I shall come perhaps a day before my departure to Hamburg for seeing you. You know that I reserved some days for Worpswede later on?

Dear Hans Hermann take all my heartly friendship and my bad English. I think often to you and I hope that you shall critic my verse soon

Hubert

Wilfried F. Schoeller, 1941 in Illertissen geboren, ist Literaturkritiker und Honorarprofessor für Literatur des 20. Jahrhunderts, Literaturkritik und Medien. 1990 erhielt er den Alfred-Kerr-Preis für Literaturkritik. Seit 2002 ist er Generalsekretär des P.E.N.-Zentrums Deutschland. Zahlreiche Veröffentlichungen, zuletzt erschien „Hubert Fichte und Leonore Mau. Eine Werkschau", 2005.